OUTRA PÁGINA DE CADA VEZ

MOTIVAÇÃO PARA HOJE E AMANHÃ

ADAM J. KURTZ

(AUTOR DE 1 PÁGINA DE CADA VEZ)

CB005318

TR

HENRIQUE DE BREIA E SZOLNOKY

paralela

A Editora Paralela é uma divisão da Editora Schwarcz S.A.

Grafia atualizada segundo o Acordo Ortográfico da Língua Portuguesa de 1990,
que entrou em vigor no Brasil em 2009.

TÍTULO ORIGINAL Pick Me Up: A Pep Talk for Now & Later

CAPA Adam J. Kurtz

PREPARAÇÃO Carina Muniz

REVISÃO Valquíria Della Pozza e Viviane T. Mendes

Dados Internacionais de Catalogação na Publicação (CIP)
(Câmara Brasileira do Livro, SP, Brasil)

Kurtz, Adam J.
 Outra página de cada vez : motivação para hoje e amanhã /
Adam J. Kurtz ; tradução Henrique de Breia e Szolnoky. — 1ª ed.
— São Paulo : Paralela, 2016.

 Título original: Pick Me Up : A Pep Talk for Now & Later.
 ISBN 978-85-8439-040-3

 1. Autoajuda 2. Autoconhecimento 3. Diários 4. Encoraja-
mento (Psicologia) I. Título.

16-05781   CDD-158.1

Índice para catálogo sistemático:
1. Autoajuda : Autoconhecimento : Psicologia aplicada   158.1

2ª reimpressão

[2022]
Todos os direitos desta edição reservados à
EDITORA SCHWARCZ S.A.
Rua Bandeira Paulista, 702, cj. 32
04532-002 — São Paulo — SP
Telefone (11) 3707-3500
www.editoraparalela.com.br
atendimentoaoleitor@editoraparalela.com.br
facebook.com/editoraparalela
instagram.com/editoraparalela
twitter.com/editoraparalela

DEDICADO AO
FUTURO

& EM MEMÓRIA DO
PASSADO

SOBRE ESTE LIVRO

- ALGO PARA TE ANIMAR

- INSTRUÇÕES DE LEITURA:

  (ABRA NUMA PÁGINA
  ALEATÓRIA)

- UM OMBRO AMIGO

MAS ISSO NUNCA ME IMPEDIU DE SEGUIR EM FRENTE

COMECE (EM ALGUM LUGAR)

ESTE LIVRO GIRA EM TORNO DO QUE VOCÊ É E DO QUE VOCÊ SABE.

LEIA-O SEMPRE QUE PRECISAR DE DISTRAÇÃO OU INCENTIVO.

AGORA ABRA NUMA PÁGINA QUALQUER E DEIXE SUA MARCA LÁ DE ALGUM JEITO. ESCREVA COM A MENTE TRANQUILA. QUANDO PRECISAR DE UM CONSELHO VINDO DE VOCÊ MESMO OU DE UM LEMBRETE DO SEU TALENTO, RELEIA O QUE ESCREVEU.

→

DURANTE ESTA JORNADA,
VÁ DEIXANDO ALGUMAS
PISTAS NA INTERNET.
POSTE COM A HASHTAG
#OUTRAPAGINA
PARA PODER REVER
TUDO DEPOIS.

A ÚNICA COISA
QUE
REALMENTE
IMPORTA
É APROVEITAR
AO MÁXIMO
O QUE VOCÊ
TEM E
APRENDER A SER
FELIZ ASSIM.

SEMPRE QUE VISITAR ESTA PÁGINA,
DESCREVA SEU ESTADO DE ESPÍRITO
EM UMA ÚNICA PALAVRA:

———————————   ———————————

———————————   ———————————

———————————   ———————————

———————————   ———————————

———————————   ———————————

———————————   ———————————

———————————   ———————————

A MORTE É INEVITÁVEL,
ENTÃO PARE DE
CHORAMINGAR E
APROVEITE A VIDA

| ACEITAR | RECUSAR |

QUEM VOCÊ ADMIRA E POR QUÊ? DESENHE UM RETRATO E PUBLIQUE, TAGUEANDO A PESSOA!

POR QUE VOCÊ TEM
TANTO MEDO DO SILÊNCIO?
VAI, HORA DE LIDAR COM ISSO:

LISTE AQUI ALGUNS BONS CONSELHOS

E SIGA-OS!

CONFIRME PRESENÇA:

AUTOPIEDADE

VÁLIDO PARA UMA PESSOA

INGRESSO VIP

ANSIEDADE SEM MOTIVO

VÁLIDO PARA UMA PESSOA

CURTA TEMPORADA

FICAR EM CASA E PEDIR UMA PIZZA

VÁLIDO PARA UMA PESSOA

INGRESSO P/ 1 NOITE

AGORA DESENHE
ALGUMAS MEDALHAS
PARA DAR A
VOCÊ MESMO
MAIS TARDE!

TODO MUNDO TEM VÍCIOS.
SABEMOS QUE ALGUNS
FAZEM MAL, COMO DOCES
OU CERVEJA, MAS
INSISTIMOS NELES MESMO
ASSIM. CUIDE-SE E PASSE
A ENCARÁ-LOS COMO
GULOSEIMAS, NÃO COMO
PRATOS PRINCIPAIS.

DESCREVA COISAS QUE VOCÊ SENTE

MAS QUE SÃO DIFÍCEIS DE ENXERGAR

É BOM — E TALVEZ
ATÉ SAUDÁVEL — SER
UM "LIVRO ABERTO",
MAS TENHA CUIDADO.

SEJA GENTIL
COM VOCÊ MESMO,
OU PODE SE DAR MAL.
PIOR: PODE ACABAR
ESCREVENDO SEU
PRÓPRIO FINAL INFELIZ.

CONSELHOS QUE DEU AOS OUTROS RECENTEMENTE E QUE SERIAM ÚTEIS PARA VOCÊ:

DESENHE UM BANHO
NESTA PÁGINA SEMPRE
QUE PRECISAR ESFRIAR
A CABEÇA.

COLE CURATIVOS NESTA PÁGINA
PARA QUE ELA AGUENTE FIRME.

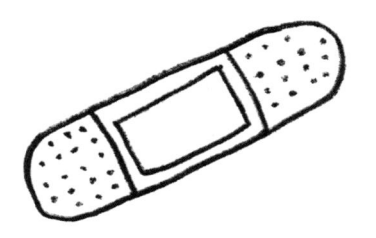

SER FIEL A SI
MESMO PODE
SER DIFÍCIL E
ASSUSTADOR.

DÊ TEMPO AO
TEMPO.

MAS LEMBRE:
VOCÊ SÓ TEM
UMA VIDA

E MERECE
VIVÊ-LA

DE VERDADE.

PEÇA DESCULPAS PARA VOCÊ MESMO

- DESCULPE POR NÃO TER CONFIADO EM VOCÊ
- DESCULPE POR TER IDO DORMIR TÃO TARDE

HOJE É ANIVERSÁRIO DE ALGUÉM!
O MUNDO ESTÁ CHEIO DE PESSOAS
COMEMORANDO, TODOS OS DIAS.
DESENHE UMA VELA SEMPRE QUE
VISITAR ESTA PÁGINA, DEPOIS
ASSOPRE TODAS QUANDO O SEU
ANIVERSÁRIO CHEGAR.

REPITA COMIGO:

NÃO SOU SÓ "INCRÍVEL,"
SOU "INCRÍVEL ~~PRA CACETE~~".

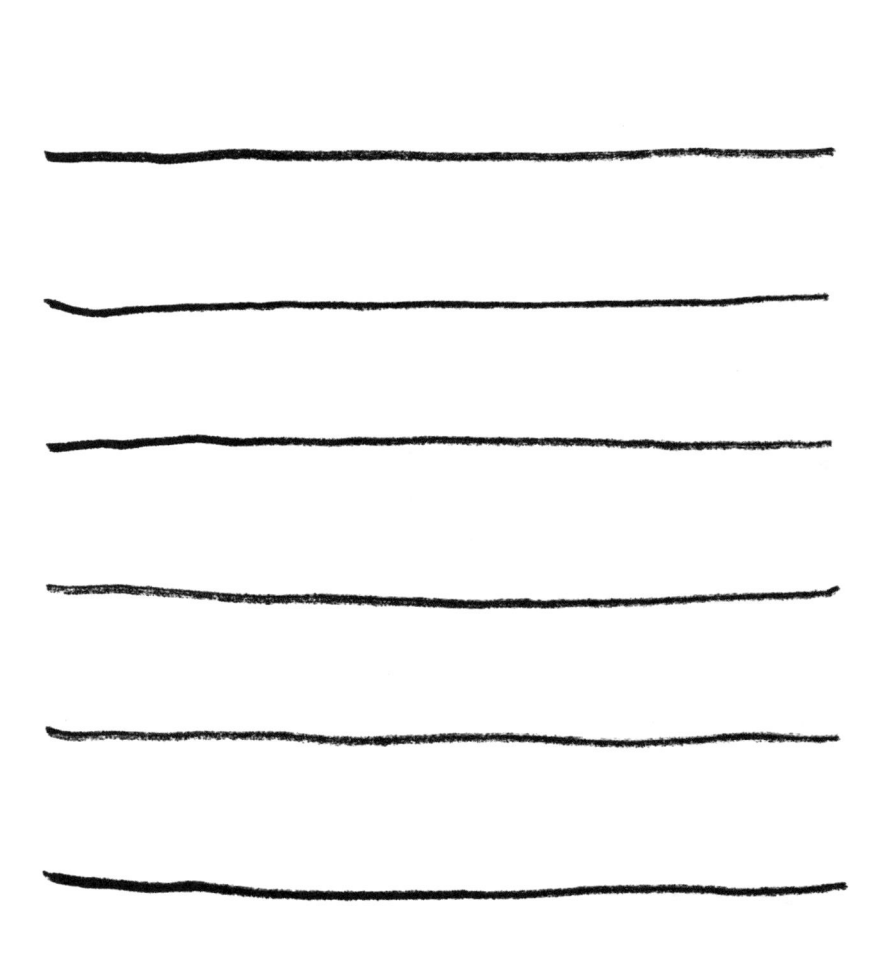

DESENHE SUA ÚLTIMA REFEIÇÃO:

O MUNDO É ENORME,
EU NÃO SOU. E NÃO
HÁ NENHUM
PROBLEMA NISSO.

ENTERRE OS SEUS OSSOS DUROS DE ROER!

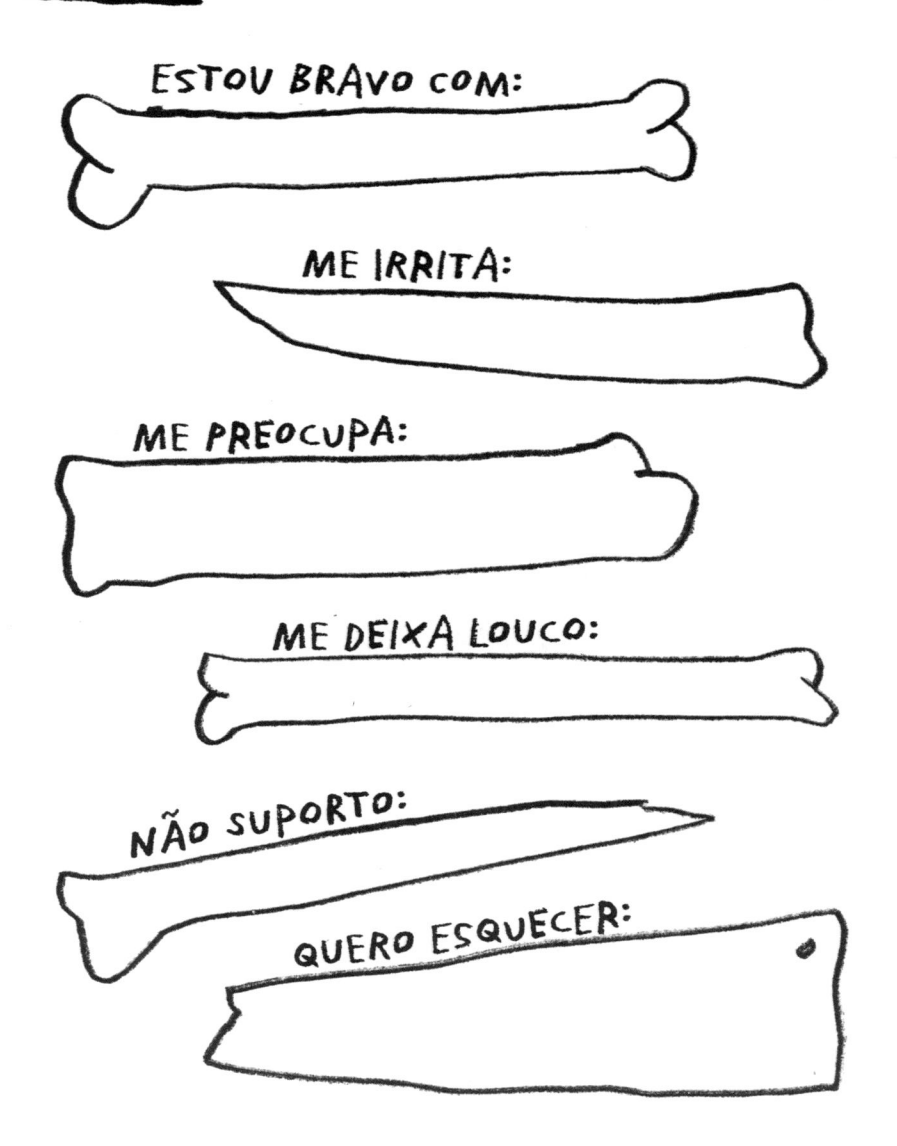

ESTOU BRAVO COM:

ME IRRITA:

ME PREOCUPA:

ME DEIXA LOUCO:

NÃO SUPORTO:

QUERO ESQUECER:

POSTE UMA FOTO E MARQUE SEU BFF
#OUTRAPAGINA

O QUE VOCÊ CONSEGUE ALCANÇAR COM UM PEQUENO PASSO?

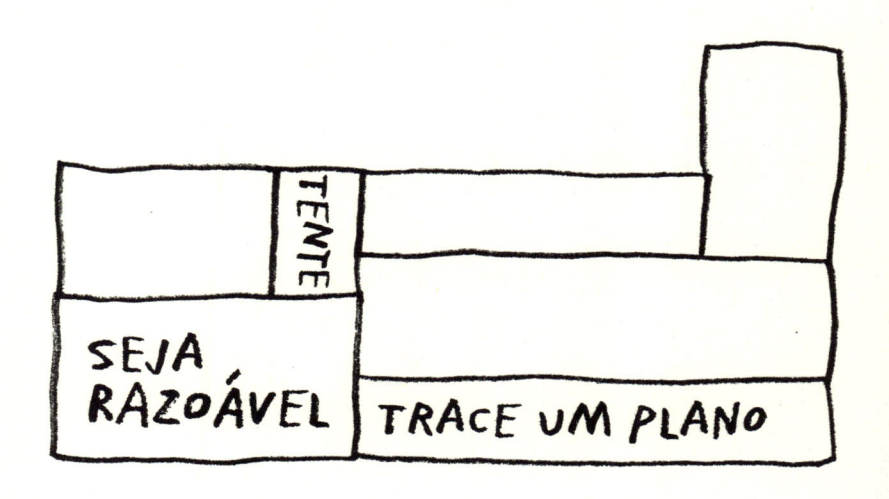

TODOS VAMOS PARTIR UM
DIA, ENTÃO PRECISAMOS
APROVEITAR A JORNADA.
SEJA UMA PESSOA BOA,
FAÇA MUDANÇAS
CONSTRUTIVAS.
E COMA UM BISCOITO,
SE QUISER.

BJO,
ME
LIGA

ANTES DE PARTIR — LISTA DEFINITIVA

PREENCHA A LISTA COM TUDO AQUILO QUE VOCÊ SONHA FAZER OU CONQUISTAR E DEPOIS MOSTRE PARA O MUNDO

1 _____

2 _____

3 _____

4 _____

5 _____

6 _____

7 _____

8 _____

9 _____

10 _____

#OUTRAPAGINA

DESENHE UM OVO.

DESENHE UMA FRIGIDEIRA.

VOLTE LOGO PARA ESTA PÁGINA,
SENÃO VOCÊ ESTARÁ FRITO!

ALÔ?
OI?
DESCULPE,
NOSSA
LIGAÇÃO
ESTÁ RUIM!

RASGUE E AMASSE ESTA
PÁGINA. PEDACINHO POR
PEDACINHO!

VIVEMOS EM TEMPOS ESTRANHOS, EM QUE SE PODE COMPARTILHAR IDEIAS E SENTIMENTOS INSTANTANEAMENTE PELA INTERNET.

MAS LEMBRE: CURTIDAS, COMENTÁRIOS E COMPARTILHAMENTOS SÃO APENAS NÚMEROS, ENTÃO NÃO SE DEIXE ABALAR POR ELES. AS PESSOAS QUEREM SER OUVIDAS, CLARO, MAS, QUANDO TODOS FALAM AO MESMO TEMPO, FICA DIFÍCIL ENTENDER QUALQUER COISA.

VOCÊ SABIA?

- TRABALHO DURO COMPENSA
- O AMOR EXISTE. MESMO!
- A MORTE É INEVITÁVEL

INSPIRE FUNDO.
SEGURE POR TRÊS SEGUNDOS,
DEPOIS EXPIRE:

SOLTE
O AR
AQUI

PARA TUDO TEM REMÉDIO. DESENHE ALGUNS PARA TOMAR QUANDO PRECISAR.

OS OLHOS SÃO A JANELA DA ALMA. USE-OS PARA LER OS SINAIS.

PRECISA-SE

PERGUNTE AQUI

SIRVA-SE

ATENÇÃO:

CUIDADO ONDE PISA!

ESCREVA AQUI COISAS QUE PRECISA MELHORAR OU <u>AMADURECER</u> DENTRO DE VOCÊ, COMEÇANDO A PARTIR DE AGORA:

JÁ _____

MAIS TARDE _____

FICA PARA A PRÓXIMA _____

DE NOVO _____

LOGO _____

ALGUM DIA _____

MAIS UMA VEZ _____

ESTOU TENTANDO
SUMIR DO MAPA.
POR FAVOR,
VÁ PARA
OUTRA
PÁGINA.

COMEMORE BASTANTE!

O QUE ACONTECEU DE BOM COM VOCÊ HOJE?

CONTINUE SUBINDO, DEGRAU POR DEGRAU (PODE ACRESCENTAR UM CORRIMÃO, SE PREFERIR)

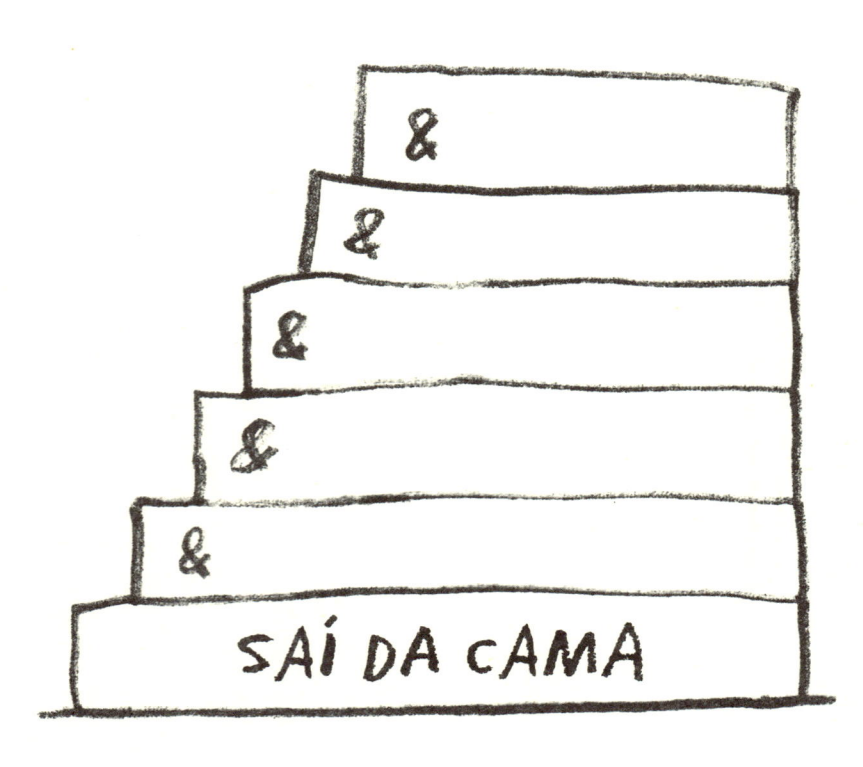

REGISTRE AQUI CONQUISTAS RECENTES
QUE VOCÊ ACREDITAVA SER IMPOSSÍVEIS:

JÁ _____

MAIS TARDE _____

FICA PARA A PRÓXIMA _____

DE NOVO _____

LOGO _____

ALGUM DIA _____

MAIS UMA VEZ _____

SER SUA PRÓPRIA COMPANHIA EM UM LUGAR DESCONHECIDO ÀS VEZES FAZ BEM. QUANDO ESTIVER SE SENTINDO ESQUISITO, TALVEZ SEJA UMA BOA IDEIA VIAJAR SOZINHO. ESQUEÇA "COMER, REZAR, AMAR" — TIRE UM TEMPINHO PARA SE CONECTAR COM A SUA ESSÊNCIA.

O.K., TALVEZ COMER SEJA UMA BOA IDEIA.

FAÇA UM COMENTÁRIO CADA VEZ QUE VISITAR ESTA PÁGINA E TENTE NUNCA MAIS LÊ-LOS!

DESENHE XÍCARAS DE CAFÉ,
UMA MAIS TREMIDA
QUE A OUTRA:

NOSSAS EMOÇÕES NEM
SEMPRE SÃO SENSATAS.
ANOTE-AS SEM SE
PREOCUPAR COM
EXPLICAÇÕES POR
ENQUANTO.

COISAS QUE PODERIAM DAR ERRADO:

O QUE DE FATO ACONTECEU:

LIGUE OS PETS:

OPS! EU QUIS DIZER "PONTOS".
~~MERDA~~ DE CORRETOR AUTOMÁTICO!

CRISE EMOCIONAL

COMO VOCÊ SE SENTE?

POR QUÊ?

DESDE QUANDO?

CONTOU PARA ALGUÉM?

VAI DURAR MUITO?

SIM

NÃO

COMO VOCÊ VAI LIDAR COM ISSO?

DEIXE PARA LÁ!

DATA DE HOJE:_____

DESFRUTE O DESCONHECIDO

ENQUANTO VOCÊ AINDA PODE

ESPERTINHO

MELHOR AMIGO DO MOMENTO:

DATA _____ AMIGOS _____

DATA _____ AMIGOS _____

DATA _____ AMIGOS _____

DATA _____ AMIGOS _____

DATA _____ AMIGOS _____

DATA _____ AMIGOS _____

DATA _____ AMIGOS _____

DATA _____ AMIGOS _____

DATA _____ AMIGOS _____

DATA _____ AMIGOS _____

LISTE AS COISAS BOAS DA VIDA E FAÇA A PILHA CRESCER

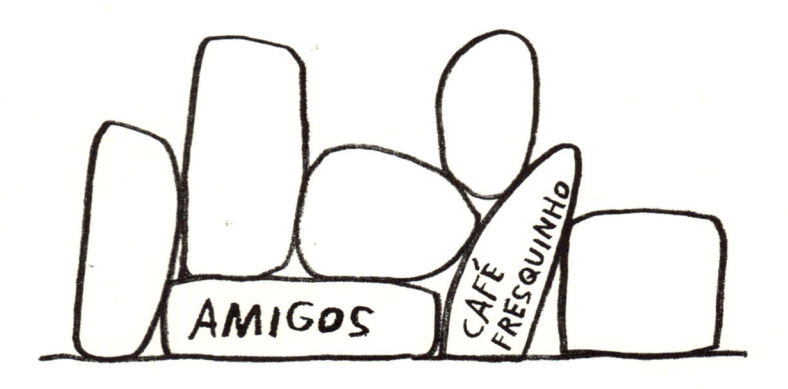

TALVEZ VOCÊ NÃO ESTEJA TÃO SOZINHO QUANTO PENSA

A INTERNET ISOLA, MAS AS PESSOAS SÃO REAIS

ESTAMOS TODOS CONECTADOS

COMPARTILHE ESSA MENSAGEM SEMPRE QUE QUISER COM #OUTRAPAGINA

ALGUÉM JÁ PARTIU SEU CORAÇÃO? ISSO SIGNIFICA QUE O AMOR EXISTE E ESTÁ POR AÍ! PODE TER CERTEZA DE QUE MUITA COISA AINDA VAI ACONTECER.

SE FOI HÁ ALGUM TEMPO, TALVEZ VOCÊ ESTEJA COMEÇANDO A SUPERAR. PENSE NOS MOMENTOS EM QUE O AMOR FOI INCONTESTÁVEL — MESMO QUE AGORA AS LEMBRANÇAS TENHAM SE TORNADO MEIO AMARGAS.

O TEMPO É COMO UMA LINHA DE COSTURA. UM PONTO SOZINHO NÃO TEM FORÇA, MAS MUITOS DELES PODEM CONSERTAR QUALQUER RASGO. COSTURE OU DESENHE UM NOVO PONTO NESTA PÁGINA E ACRESCENTE OUTROS COM O TEMPO.

QUAL É O SEU MAIOR DESAFIO NO MOMENTO?

JÁ _____

MAIS TARDE _____

FICA PARA A PRÓXIMA _____

DE NOVO _____

LOGO _____

ALGUM DIA _____

MAIS UMA VEZ _____

DESENHE CANUDINHOS PARA AJUDAR A ENGOLIR ESTAS SITUAÇÕES CHATAS!

ESCREVA RECADINHOS PARA VOCÊ MESMO

OBRIGADO POR

GRATO POR

MANDOU BEM, VALEU POR

MAIS UMA VEZ, VALEU POR

FOI IMPORTANTE VOCÊ TER

TEM MINHA GRATIDÃO POR

EI, OBRIGADO, AMO VOCÊ!!

RÁPIDO, CUBRA A TELA ANTES QUE SEU CHEFE VEJA!

AUTORRETRATO:

AGORA

DEPOIS

DE NOVO

LOGO

COMO (NÃO) VIVER UMA VIDA PLENA

- SEMPRE SE COMPARE AOS OUTROS

- PENSE OBSESSIVAMENTE NO QUE PODE DAR ERRADO

- QUESTIONE O AMOR DOS OUTROS E OS AFASTE DE VOCÊ

- NUNCA FAÇA PLANOS

- IGNORE OS ALERTAS DO SEU CORPO E DA SUA MENTE

- ESPERE POR TUDO SEM FAZER NADA

O PRIMEIRO PENSAMENTO QUE VEIO À SUA CABEÇA HOJE:

JÁ _____

MAIS TARDE _____

FICA PARA A PRÓXIMA _____

DE NOVO _____

LOGO _____

ALGUM DIA _____

MAIS UMA VEZ _____

RISQUE A NEGATIVIDADE SEMPRE QUE APARECER POR AQUI

NEGATIVIDADE NEGATIVIDADE NEGATIVIDADE
NEGATIVIDADE NEGATIVIDADE NEGATIVIDADE
NEGATIVIDADE NEGATIVIDADE NEGATIVIDADE
NEGATIVIDADE NEGATIVIDADE NEGATIVIDADE
NEGATIVIDADE NEGATIVIDADE NEGATIVIDADE
NEGATIVIDADE NEGATIVIDADE NEGATIVIDADE
NEGATIVIDADE NEGATIVIDADE NEGATIVIDADE
NEGATIVIDADE NEGATIVIDADE NEGATIVIDADE
NEGATIVIDADE NEGATIVIDADE NEGATIVIDADE
NEGATIVIDADE NEGATIVIDADE NEGATIVIDADE
NEGATIVIDADE NEGATIVIDADE NEGATIVIDADE
NEGATIVIDADE NEGATIVIDADE NEGATIVIDADE
NEGATIVIDADE NEGATIVIDADE NEGATIVIDADE
NEGATIVIDADE NEGATIVIDADE NEGATIVIDADE
NEGATIVIDADE NEGATIVIDADE NEGATIVIDADE
NEGATIVIDADE NEGATIVIDADE NEGATIVIDADE

MERGULHE DE CABEÇA
NO DESCONHECIDO.

CUIDE-SE

MAIS CEDO OU MAIS TARDE,
TODO MUNDO VAI EMBORA.

DESENHE OUTRAS FOLHAS
AO VENTO E VEJA SUA
FLORESTA CRESCER.

DESCREVA O SONHO DE ONTEM À NOITE EM TRÊS PALAVRAS:

_____ _____ _____

_____ _____ _____

_____ _____ _____

_____ _____ _____

_____ _____ _____

_____ _____ _____

_____ _____ _____

_____ _____ _____

_____ _____ _____

VOCÊ ACABOU DE RECEBER
UM RAIO DE SOL!

ENCAMINHE ESTA PÁGINA
PARA CINCO PESSOAS
QUERIDAS AGORA MESMO
E SEUS DIAS SERÃO
REPLETOS DE AMOR E LUZ.

SE IGNORAR ESTA
CORRENTE, UM AVISO:
NADA VAI ACONTECER! MAS
VOCÊ BEM QUE PODIA TER
MAIS CONSIDERAÇÃO POR
SEUS AMIGOS, NÃO ACHA?

QUE CAMINHO TOMAR?

DESAFIOS "IMPOSSÍVEIS"

MEMÓRIAS

MINHA BASE

DESENHE A AJUDINHA EXTRA DE QUE VOCÊ PRECISA PARA ALCANÇAR SEUS OBJETIVOS:

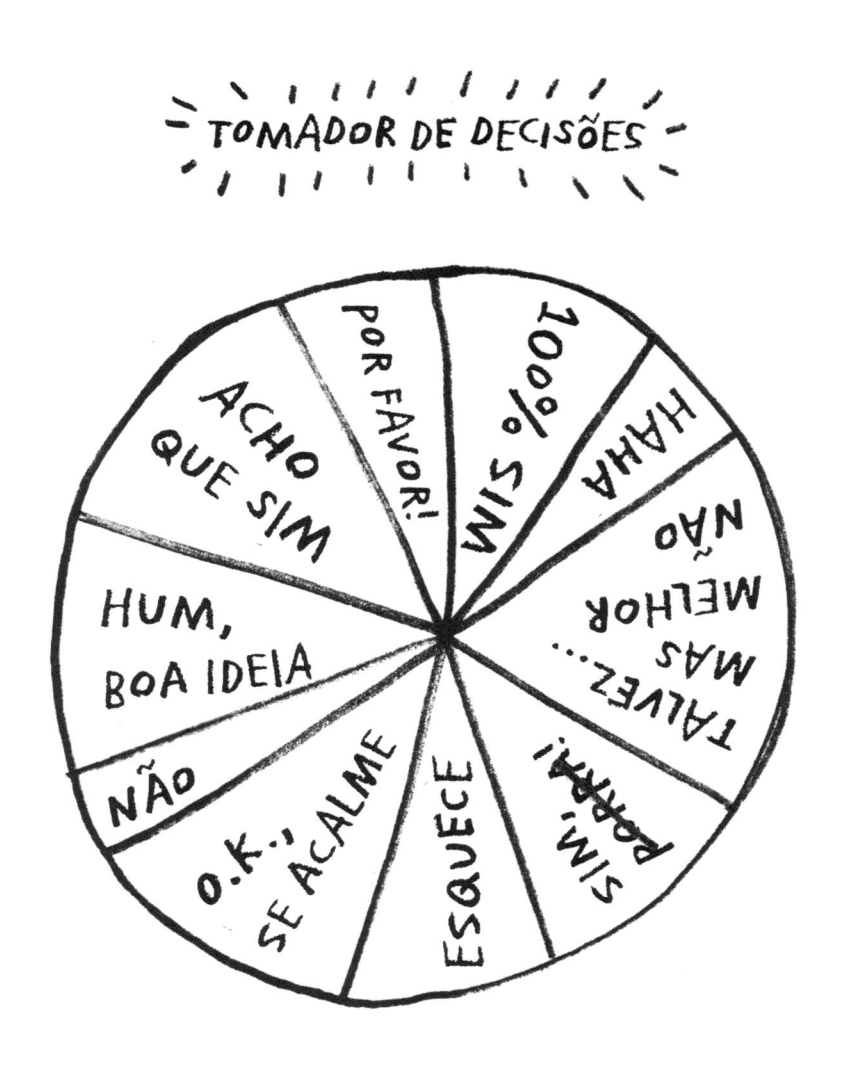

TOMADOR DE DECISÕES

(roda dividida em fatias: POR FAVOR! / 100% SIM / HAHA / NÃO MELHOR / TALVEZ... MAS NÃO / SIM, PORRA! / ESQUECE / O.K., SE ACALME / NÃO / HUM, BOA IDEIA / ACHO QUE SIM)

GIRE UM LÁPIS SOBRE ESTA PÁGINA PARA DESCOBRIR SUA RESPOSTA!

É CLARO QUE FRACASSO É
UMA OPÇÃO. QUE PENSAMENTO
RIDÍCULO; É SÓ UMA DENTRE TODAS
AS OUTRAS POSSIBILIDADES.
TUDO VAI ACABAR BEM.

LUGARES, PESSOAS OU COISAS PODEM TRAZER ACONCHEGO. O QUE TRAZ ACONCHEGO A VOCÊ AGORA?

JÁ _____

MAIS TARDE _____

FICA PARA A PRÓXIMA _____

DE NOVO _____

LOGO _____

ALGUM DIA _____

MAIS UMA VEZ _____

DESENHE SEU LIVRO FAVORITO:

AGORA

DEPOIS

DE NOVO

EM BREVE

DESAPAREÇA (DA INTERNET)
POR UM DIA. PARA VARIAR UM
POUCO, ESCREVA SUAS IDEIAS AQUI
E COMPARTILHE ESTA PÁGINA DEPOIS.

TODO

VOCÊ

O RESTO

REGISTRE AQUI,
EM SEGREDO, UM INCENTIVO
PARA O FUTURO. NÃO
COMPARTILHE ESTA PÁGINA!

COMO SE SENTE HOJE?

NÃO PERTURBE:

SEMPRE QUE CHEGAR A ESTA PÁGINA, FECHE O LIVRO.

FIQUE EM SILÊNCIO POR UM MINUTO.

ÀS VEZES É SÓ QUESTÃO DE TEMPO.

ENCARE A INSEGURANÇA

COMO UM TESOURO
QUE NOS INSPIRA
E MOTIVA; ENTÃO
ENTERRE-A
BEM FUNDO
E NÃO CONTE
A NINGUÉM.

PENSE NAS COISAS QUE VOCÊ ACHAVA IMPOSSÍVEIS — ATÉ SER OBRIGADO A DAR CONTA DELAS. COMECE UMA LISTA E ACRESCENTE NOVOS ITENS SEMPRE QUE APARECER POR AQUI.

SINTO MUITO

MAS NÃO ESTOU NEM AÍ

POSTE ISTO SEMPRE QUE FOR CONVENIENTE

 #OUTRAPAGINA

O QUE VOCÊ PODE MELHORAR EM SI MESMO?

JÁ _____

MAIS TARDE _____

FICA PARA A PRÓXIMA _____

DE NOVO _____

LOGO _____

ALGUM DIA _____

MAIS UMA VEZ _____

SEU VERDADEIRO PROPÓSITO TALVEZ SEJA INTANGÍVEL, MAS LER ESTA PÁGINA DE VEZ EM QUANDO PODE AJUDÁ-LO A SE CONCENTRAR EM SEUS SONHOS E OBJETIVOS.

TIQUE ALGO DA SUA LISTA:

É GRATIFICANTE!

VOCÊ FOI ESCOLHIDO PARA UMA EXCELENTE OPORTUNIDADE DE INVESTIMENTO!

OFERTA RELÂMPAGO

TUDO O QUE PRECISA FAZER É:
ACREDITAR EM VOCÊ MESMO
&
PLANEJAR SEU FUTURO!

UMA PÁGINA EM BRANCO PODE SER ASSUSTADORA. POR ISSO, PREENCHA ESTA AOS POUCOS, TODA VEZ QUE VIER PARAR AQUI.

TÔ LIGADO

QUE

VOCÊ

DORME, MAS

SERÁ QUE

VOCÊ

SONHA,

CARA?

CERTO, QUAL É A SUA DESCULPA DESTA VEZ?

JÁ _____

MAIS TARDE _____

FICA PARA A PRÓXIMA _____

DE NOVO _____

LOGO _____

ALGUM DIA _____

MAIS UMA VEZ _____

SABE AQUELA VOZ DENTRO DA SUA CABEÇA? TRANSFIRA-A PARA CÁ:

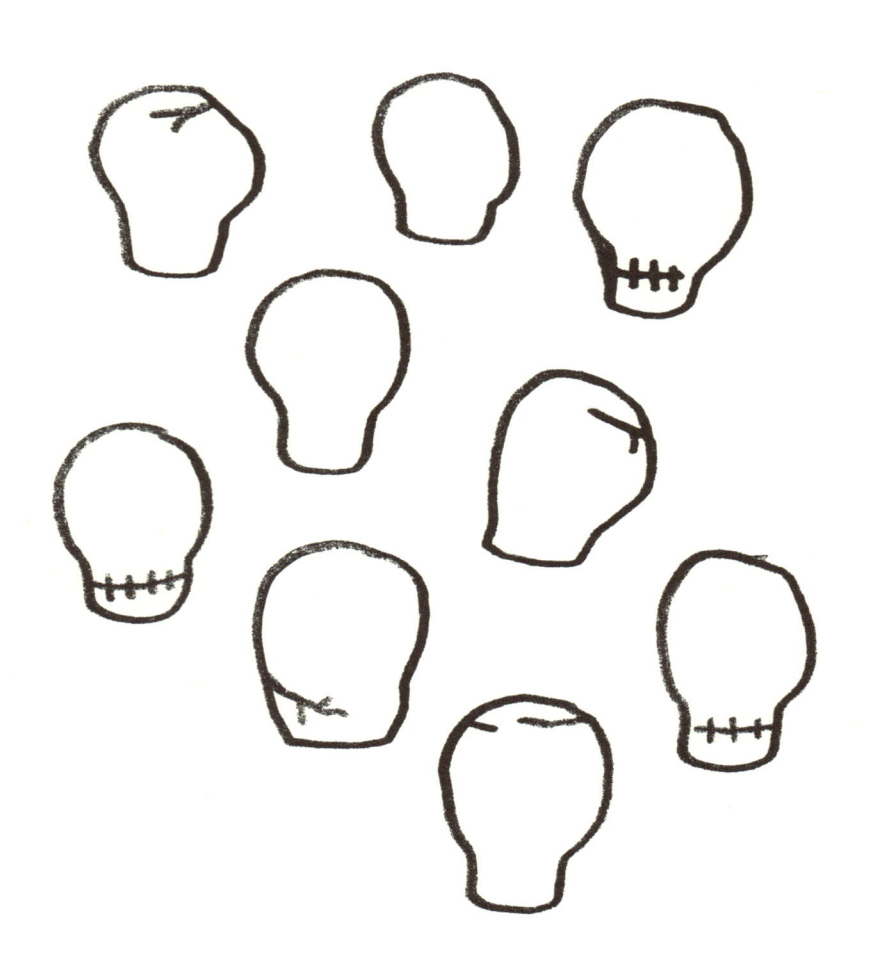

DESENHE ALGO BEM BONITO, QUE FAÇA VOCÊ SENTIR ORGULHO QUANDO VOLTAR PARA ESTA PÁGINA. OU NÃO.

EU MORRI

VOCÊ, NÃO
(COMEMORE!)

QUAIS SÃO SEUS MEDOS? DESCREVA UM DELES AGORA E SÓ VOLTE A AUMENTAR A LISTA QUANDO ENFRENTÁ-LO!

_____

_____

(CORAGEM!)

_____

_____

(ENCARE-O)

_____

_____

(DÊ UM JEITO NISSO)

_____

_____

(VOCÊ CONSEGUE)

_____

_____

(MEDO DE QUÊ? VOCÊ É INVENCÍVEL!)

SAÍDA DE EMERGÊNCIA

VAMOS DAR O FORA DAQUI!

DESENHE NUM MAPA A CASA DO SEU MELHOR AMIGO E MARQUE-A COM UM "X" PARA MOSTRAR A ELE QUE A AMIZADE DE VOCÊS É UM TESOURO!

RECONHEÇA SEU VALOR
RECONHEÇA SEU MÉRITO

PARE DE TENTAR IMPRESSIONAR QUEM NÃO ESTÁ NEM AÍ PARA VOCÊ. SE DEDIQUE ÀS PESSOAS QUE SÃO PRESENTES E RECEPTIVAS. NÃO PERCA TEMPO COM QUEM NÃO TE AMA OU RESPEITA. FAÇA A SUA PARTE E PERMITA QUE O RESTO SIGA (OU NÃO) O PRÓPRIO CURSO.

VOLTE AQUI SEMPRE QUE PRECISAR SE LEMBRAR DISSO.

ANOTE SUAS OPINIÕES CONTROVERSAS E GUARDE-AS COM VOCÊ.

- BATATAS FRITAS SÃO NOJENTAS
- DETESTO TIRAR FÉRIAS

CUIDE DO SEU JARDIM:

BINGO DE EMOÇÕES

AMOR	DESILUSÃO	CAPACIDADE	CALMA	CORRESPONDÊNCIA
DIVERSÃO	ANSIEDADE	AGONIA	RAIVA	ENCANTAMENTO
GRATIDÃO	BONDADE	(EM BRANCO)	ALEGRIA	CORAGEM
SATISFAÇÃO	CONFIANÇA	MEDO	FRUSTRAÇÃO	INQUIETAÇÃO
CURIOSIDADE	ENTUSIASMO	PAZ	ÂNIMO	FELICIDADE

ASSINALE SEU ESTADO DE ESPÍRITO SEMPRE QUE CAIR NESTA PÁGINA. UMA QUINA GANHA!

O.K., A VIDA É
IMPREVISÍVEL, MAS ATÉ A
NATUREZA SEGUE PADRÕES

METAS PARA ESTE ANO

ERRO 404:

A PÁGINA NÃO
PODE SER EXIBIDA.

DESENHE UMA PORTA SEMPRE
QUE VIER A ESTA PÁGINA
PARA PODER DAR o
FORA DAQUI!

CERTO, VAMOS LÁ. O QUE SIGNIFICA "VIVER COMO SE NÃO HOUVESSE AMANHÃ"?

É CLARO QUE O AMANHÃ EXISTE, A NÃO SER QUE VOCÊ ESTEJA MORTO — E TODOS MORREREMOS UM DIA.
ENTÃO POR QUE "VIVER" O DIA DE HOJE DESSE JEITO TÃO FRENÉTICO?

EXISTEM TANTOS MOTIVOS PARA AGRADECER! ANOTE UM AGORA E ACRESCENTE OUTROS AOS POUCOS.

EI, UMA SUGESTÃO:
QUE TAL DIMINUIR
AS EXPECTATIVAS
E APROVEITAR O
QUE VOCÊ JÁ TEM?

DESENHE UMA COISA BANAL. QUANDO VOLTAR AQUI, DÊ UM TOQUE ESPECIAL!

CRISE EMOCIONAL

COMO VOCÊ SE SENTE?

PON QUÊ?

DESDE QUANDO?

CONTOU PARA ALGUÉM?

VAI DURAR MUITO?

SIM

NÃO

COMO VOCÊ VAI LIDAR COM ISSO?

DEIXE PARA LÁ!

DATA DE HOJE: _____

PERCA O MEDO DO ESCURO

BOA!

GRUDE UMA NOTA DE
CINCO AQUI PARA GASTAR
NA QUINTA VEZ QUE
VIER A ESTA PÁGINA

CONTAGEM REGRESSIVA:

☐ ☐ ☐ ☐ ☐
5 4 3 2 1

SEM ÂNIMO?
EXISTE UM APLICATIVO PARA ISSO!

UMA COISA ESTAPAFÚRDIA QUE VOCÊ SE FLAGROU FAZENDO RECENTEMENTE:

JÁ _____

MAIS TARDE _____

FICA PARA A PRÓXIMA _____

DE NOVO _____

LOGO _____

ALGUM DIA _____

MAIS UMA VEZ _____

ESVAZIE SUA MENTE POR COMPLETO.
SE CONCENTRE APENAS NA RESPIRAÇÃO E VOE PARA LONGE.
QUANDO VOLTAR, VOCÊ SABERÁ O QUE FAZER.

DESENHE AMULETOS DA SORTE E
RECORTE CONFORME PRECISAR DELES:

DEVO ME CONCENTRAR EM:

- PENSAMENTO POSITIVO
- CONQUISTAS TANGÍVEIS
- CONQUISTAS INTANGÍVEIS ESPECÍFICAS
- SER UMA PESSOA BOA

NÃO DEVO ME CONCENTRAR EM:

- NEGATIVIDADE
- INSEGURANÇA
- COISAS FORA DO MEU CONTROLE
- ENCHEÇÕES ~~DE SACO~~

ACENDA A CHAMA:

ELA PODE NÃO SER GRANDE NEM
MODERNA, MAS CAUSA MUDANÇAS
DRÁSTICAS, PARA O BEM OU PARA O MAL.

SEMPRE QUE CAIR NESTA PÁGINA,
VÁ PARA UM LUGARZINHO ESCURO,
ORGANIZE SEUS PENSAMENTOS E
DEPOIS ANOTE UM DELES AQUI:

AUMENTE SEUS
SEGUIDORES
GRUDANDO ISSO
NA SUA BUNDA:

#OUTRAPAGINA

DESENHE SEUS INSTINTOS, DEPOIS
TENTE CONFIAR NELES.

NÃO SEI POR
QUE ISSO
EXISTE, MAS
AINDA BEM
QUE EXISTE.

EXISTE UMA LINHA TÊNUE ENTRE _INVEJA_ E _INSPIRAÇÃO_. COMO USAR ESSE SENTIMENTO PARA EVOLUIR?

ESCREVA UM PEQUENO DESEJO NUM PAPEL E COLE-O NESTA PÁGINA, VIRADO PARA BAIXO. E CONTINUE A TER DESEJOS!

FAÇA UM AUTORRETRATO AGORA

DESAFIO
APARENTEMENTE
IMPOSSÍVEL

E TENTE DE NOVO NUM FUTURO PRÓXIMO

UMA PALAVRA
QUE VOCÊ NUNCA SOUBE O QUE SIGNIFICAVA DE VERDADE:

UM "SIM" LEVA A OUTRO! ACRESCENTE MAIS UM QUANDO VOLTAR A ESTA PÁGINA.

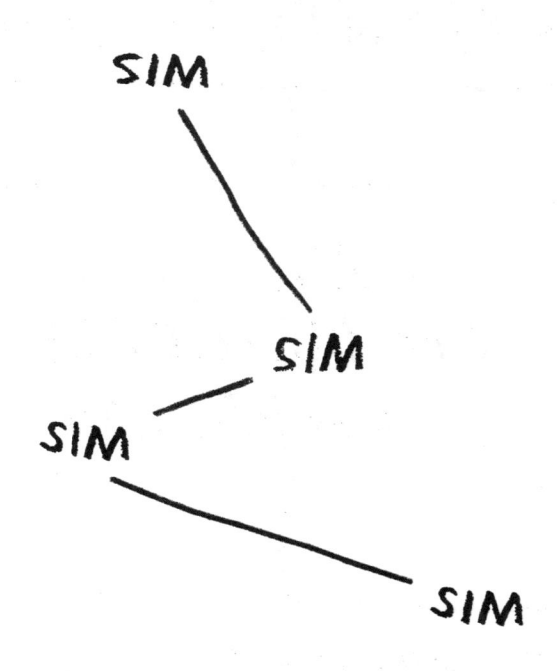

VOCÊ PODE SER
SUA PRÓPRIA
CORRENTE DO BEM

CUIDE-SE
COM DIGNIDADE
E COMPAIXÃO

E LEMBRE-SE DE COLOCAR
O PESO NAS PERNAS,
NÃO NOS OMBROS

RASGUE UM PEDACINHO DESTA
PÁGINA E CARREGUE-O COM VOCÊ.
QUANDO VOLTAR, PEGUE MAIS UMA
PARTE. SINTA-SE CONECTADO AO
RESTANTE DOS SEUS PENSAMENTOS
NESTE LIVRO E APROVEITE!

DESENHE SEU CORPO E ENCONTRE A ORIGEM DE SUA FORÇA INTERIOR:

VOCÊ PODE SEGUIR EM FRENTE

MAS NÃO PARA TRÁS

PORQUE A VIDA CONTINUA

ESTEJA VOCÊ PREPARADO

OU NÃO

NÃO TENHA MEDO
DE SE POSICIONAR.
SE NINGUÉM OUVIR
A SUA VOZ, COMO
PODEM ENTENDER
O QUE VOCÊ TEM

A DIZER?

AGORA ESCREVA UMA CARTA PARA VOCÊ MESMO. DEPOIS, DOBRE A PÁGINA E ANOTE UMA DATA PARA ABRI-LA NO FUTURO.

CIRCULANDO,
CIRCULANDO

NADA PARA
VER AQUI

ESCREVA SEUS PROBLEMAS A LÁPIS. COM O TEMPO, APAGUE-OS, ATÉ CONSEGUIR SE LIVRAR DE TODOS ELES.

NÃO IMPORTA ONDE VOCÊ ESTEJA, COISAS INCRÍVEIS ESTÃO ACONTECENDO AO SEU REDOR. UM BEBÊ ACABOU DE FALAR SUA PRIMEIRA PALAVRA. AMIGOS DE LONGA DATA ESTÃO SE REENCONTRANDO. SE HOJE NÃO É O SEU DIA, TALVEZ AMANHÃ SEJA A SUA VEZ DE VIVER ALGO MARAVILHOSO.

ESCREVA UMA MENSAGEM NUMA GARRAFA. RECORTE E DEIXE-A FLUTUAR PARA LONGE
(DESENHE MAIS GARRAFAS CONFORME O NECESSÁRIO)

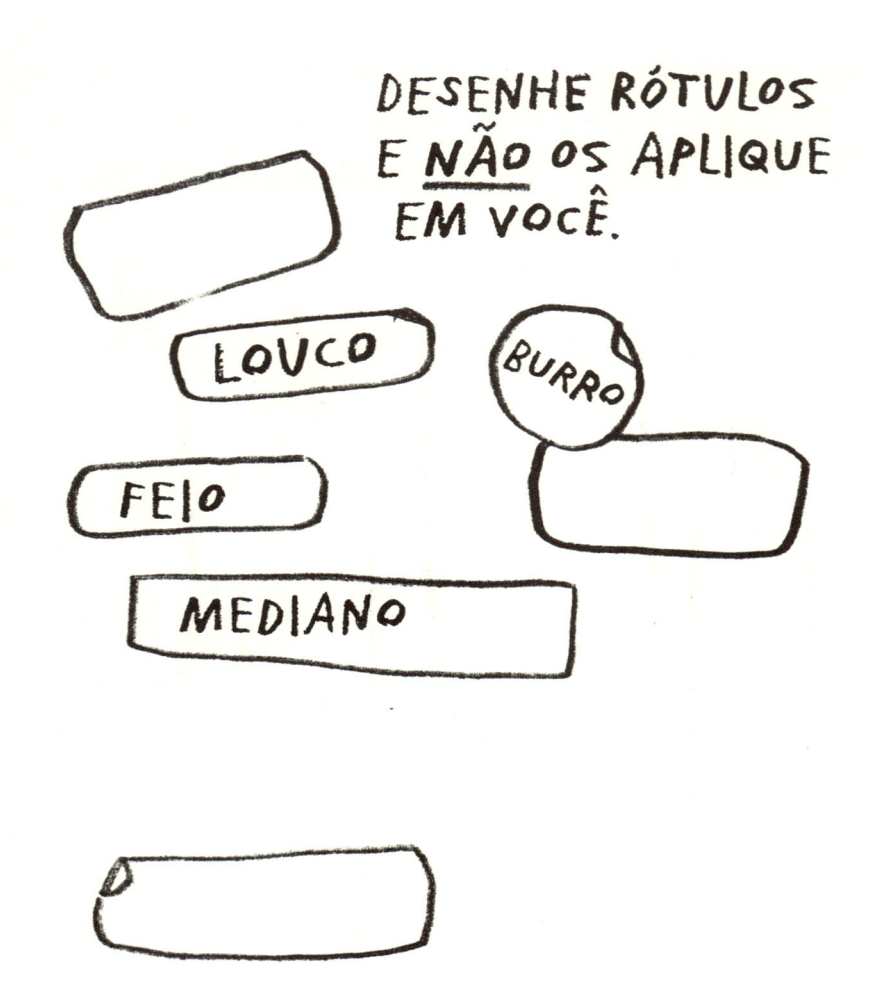

EMPILHE SUAS ANSIEDADES E DEPOIS
DIVIRTA-SE DERRUBANDO TUDO:

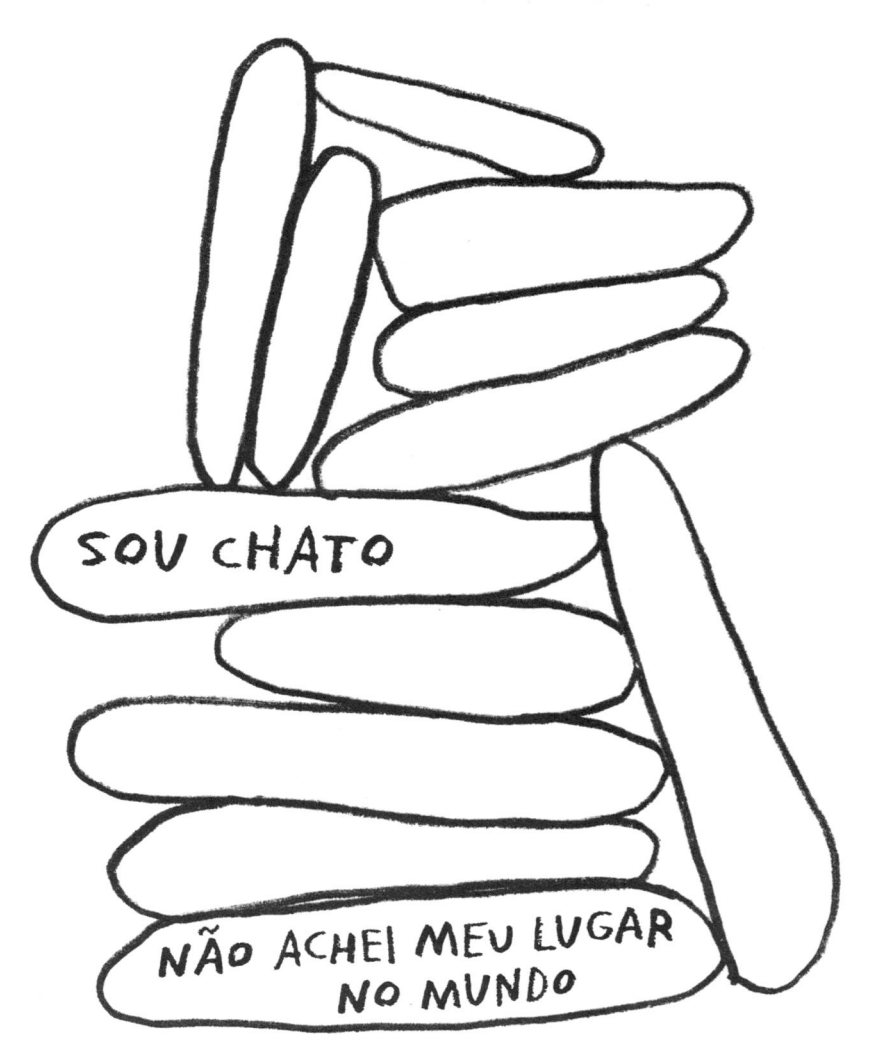

EXISTEM TANTAS PESSOAS NESTE MUNDO! TODAS TÊM PROBLEMAS, GRANDES E PEQUENOS. PODE SER DE GRANDE AJUDA LEMBRAR QUE A VIDA NÃO PASSA DE UMA SEQUÊNCIA DE TAREFAS, DESAFIOS, MOMENTOS E SENTIMENTOS PARA CADA UM DE NÓS.

PENSAMENTOS DA MEIA-NOITE:

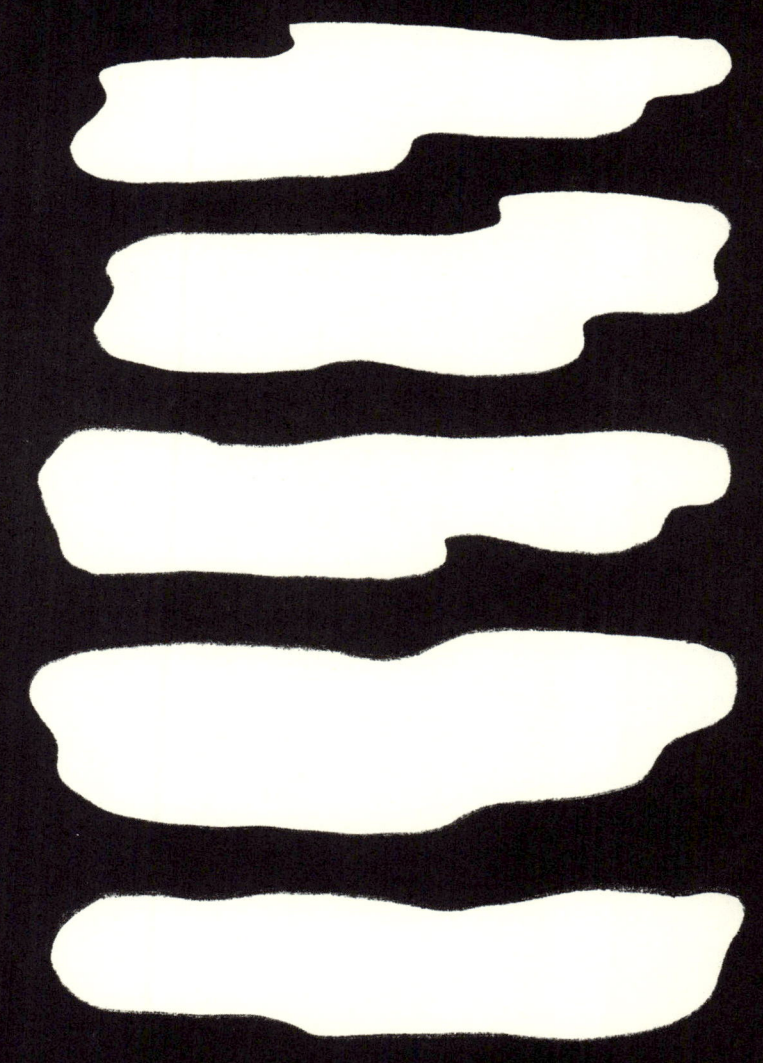

#OUTRAPAGINA

ÀS VEZES É DIFÍCIL SE
COMUNICAR. LEMBRE
QUE CADA PESSOA É
ÚNICA COMO UMA
IMPRESSÃO DIGITAL.

É ÓTIMO PODER CULPAR A LUA POR
NOSSAS VARIAÇÕES DE HUMOR E POR
COMPORTAMENTOS MEIO LOUCOS!

A LUA ESTÁ: —————————— ◯
ME OBRIGOU A: ——————————

————————————————

————————————————

A LUA ESTÁ: —————————— ◯
ME OBRIGOU A: ——————————

————————————————

————————————————

A LUA ESTÁ: —————————— ◯
ME OBRIGOU A: ——————————

————————————————

————————————————

COMECE POR
AQUI E DESENHE
ESPIRAIS COM
UM ÚNICO
TRAÇO. REPITA
SEMPRE QUE
PRECISAR.

AME ESTA PÁGINA E PRESENTEIE PESSOAS COM ELA, PEDACINHO POR PEDACINHO.

PENSE NO QUE VOCÊ
QUER DE VERDADE.
MENTALIZE OS
DETALHES. FOQUE
O PENSAMENTO.
VISUALIZE O TODO.

AGORA ESQUEÇA
ESSA BOBAGEM! O
QUE IMPORTA É A
VIDA REAL.

ESTABELEÇA METAS
REALIZÁVEIS PARA
ALCANÇAR SEU
OBJETIVO E SE
MEXA, ~~PORRA~~!

ABRIR MÃO DAS
COISAS É DIFÍCIL.

PARA TREINAR, DEIXE
ESTE LIVRO DE LADO
POR UM TEMPO E VÁ
FAZER OUTRA COISA.

VOCÊ CHEGOU
À PÁGINA MAIS
SORTUDA DO LIVRO!
É UM BOM SINAL.
TENHA UM ÓTIMO DIA!

FAÇA UMA BAGUNCINHA E
DEPOIS DÊ UM JEITO NELA:

O.K., MAS

AQUELE

FRIO

NA BARRIGA

TALVEZ

TENHA

MOTIVO

REVEJA SEUS CONCEITOS

ESCREVA AQUI SOBRE SEU PASSADO E, COM O TEMPO, VÁ ACRESCENTANDO MAIS COISAS. QUANDO A PÁGINA ESTIVER PREENCHIDA, RASGUE-A EM PEDACINHOS!

DESENHE EM CIMA DE UM ERRO PARA CRIAR ALGO NOVO:

O QUE O <u>SEU</u> MILK-SHAKE TRAZ AO PIQUENIQUE? (COMO NA MÚSICA "MILK-SHAKE," DA KELIS)

☐ MENINOS

☐ MENINAS

☐ GÊNEROS SÃO UMA CONSTRUÇÃO

☐ AMIGOS

☐ AQUELA DOR DE QUANDO TOMAMOS ALGO GELADO

☐ DIABETES

☐ #SEDE

☐ ADVOGADOS DE DIREITOS AUTORAIS

☐ PENSAMENTO POSITIVO

☐ SECA (A SEDE DA NATUREZA)

☐ VACAS/ CAVALOS

☐ TURISTAS

☐ TULIPAS

☐ MAIS MILK-SHAKES

☐ "AS BATIDAS DO HORRENDO CORAÇÃO" (É UMA CITAÇÃO DE EDGAR ALLAN POE, GENTE)

ÀS VEZES, TUDO O QUE
VOCÊ QUER FAZER É GRITAR
E CHORAR, MAS NÃO PODE.
MAS, DE VEZ EM QUANDO,
PODE SIM!

ENCONTRE UM LUGAR
SEGURO E RESERVADO E
PONHA TUDO PARA FORA.
VOCÊ É UMA PESSOA
MARAVILHOSA E EMOTIVA,
QUE SENTE SENTIMENTOS.

TÁ, SEI QUE ISSO É UM
POUCO IRRITANTE, MAS
ESSE É SEU SUPERPODER
SECRETO.
CONTINUE SENDO HUMANO.

PLANEJAR O FUTURO É GRATIFICANTE. QUAIS SÃO SEUS PLANOS PARA HOJE?

JÁ _____

MAIS TARDE _____

FICA PARA A PRÓXIMA _____

DE NOVO _____

LOGO _____

ALGUM DIA _____

MAIS UMA VEZ _____

VOCÊ TEM ZERO
NOTIFICAÇÕES
NOVAS

| BELEZA | NEM LIGO |

DESENHE UM MOLDE E NÃO SE ENCAIXE NELE.

DESENHE UM CARTAZ MOTIVACIONAL

AGORA COMPARTILHE! #OUTRAPAGINA

ISTO SÓ
É UM
ESPELHO
QUANDO
ESTÁ
DESLIGADO

QUAL É A SUA MÚSICA FAVORITA DO MOMENTO?

MÚSICA: _____
ARTISTA: _____
DATA: _____

MÚSICA: _____
ARTISTA: _____
DATA: _____

MÚSICA: _____
ARTISTA: _____
DATA: _____

MÚSICA: _____
ARTISTA: _____
DATA: _____

MÚSICA: _____
ARTISTA: _____
DATA: _____

MÚSICA: _____
ARTISTA: _____
DATA: _____

MÚSICA: _____
ARTISTA: _____
DATA: _____

MÚSICA: _____
ARTISTA: _____
DATA: _____

MÚSICA: _____
ARTISTA: _____
DATA: _____

MÚSICA: _____
ARTISTA: _____
DATA: _____

MÚSICA: _____
ARTISTA: _____
DATA: _____

MÚSICA: _____
ARTISTA: _____
DATA: _____

PEDRA
QUEBRA
TESOURA,
MAS PAPEL
SEMPRE
GANHA

PASSE SEU NÚMERO DE TELEFONE PARA ALGUÉM

ME LIGA:

- -

VOCÊ É TUDO DE BOM:

- - - - - - - - - - - - - - - - - - - -

PODE MANDAR MENSAGEM DE MADRUGADA:

- - - - - - - - - - - - - - - - - - - -

ESTOU SEM PALAVRAS NO MOMENTO,
LIGUE MAIS TARDE:

- - - - - - - - - - - - - - - - - - - -

DOEU QUANDO VOCÊ CAIU DO CÉU?

PROPOSTAS DE MANTRAS

- PENA QUE SER "LEGAL" É UMA CONSTRUÇÃO SOCIAL, PORQUE SOU LEGAL PRA CARAMBA

- ~~SE NA PRIMEIRA VEZ NÃO DER CERTO~~

- PASSE O CHOCOLATE, POR FAVOR

- POSSO CONQUISTAR QUALQUER COISA; É SÓ ENFIAR NA MINHA CABEÇA E MANTER O FOCO

- VALE A PENA ME SEGUIR ON-LINE

- SEDES (SEL)FIEL A VOSSAS SELFIES (MAIS UMA REFERÊNCIA, GENTE, AGORA A SHAKESPEARE)

SUPERE OS OBSTÁCULOS

POSTE ESTA PÁGINA E MARQUE UM AMIGO EM CADA QUADRADO. MAS PINTE PRIMEIRO!

(PREENCHA OS ESPAÇOS!) #OUTRAPAGINA

ONDE VOCÊ ESTÁ AGORA?

HORA: —————————
LOCAL: —————————

HORA: —————————
LOCAL: —————————

HORA: —————————
LOCAL: —————————

HORA: —————————
LOCAL: —————————

HORA: —————————
LOCAL: —————————

HORA: —————————
LOCAL: —————————

HORA: —————————
LOCAL: —————————

HORA: —————————
LOCAL: —————————

HORA: —————————
LOCAL: —————————

HORA: —————————
LOCAL: —————————

HORA: —————————
LOCAL: —————————

HORA: —————————
LOCAL: —————————

VOCÊ ÀS VEZES
NÃO TEM IDEIA
DO QUE ESTÁ
FAZENDO COM
SUA VIDA?

EU TAMBÉM.
DEVE SER
NORMAL E
ACHO QUE
NÃO TEM
PROBLEMA.

AGORA ESTOU

_____

MAS PREFERIRIA ESTAR

_____

DESSA VEZ ESTOU

_____

MAS PREFERIRIA ESTAR

_____

UGH, ESTOU TÃO

_____

QUERIA ESTAR

_____

NO MOMENTO

_____

SERÁ QUE POSSO

_____

QUAL É O SEU PROBLEMA???

(FALANDO SÉRIO, ESCREVA ALGO QUE NÃO ESTEJA LEGAL E, NA PRÓXIMA VEZ, RISQUE SE TIVER MELHORADO)

CRISE EMOCIONAL

COMO VOCÊ SE SENTE?

POR QUÊ? DESDE QUANDO? CONTOU PARA ALGUÉM?

VAI DURAR MUITO?

SIM

NÃO

COMO VOCÊ VAI
LIDAR COM ISSO?

DEIXE
PARA LÁ!

DATA DE HOJE:_____

NÃO DESISTIR É UM JEITO DE VENCER.

UMA COISA QUE VOCÊ QUER MUITO, MUITO, MUITO:

JÁ _____

MAIS TARDE _____

FICA PARA A PRÓXIMA _____

DE NOVO _____

LOGO _____

ALGUM DIA _____

MAIS UMA VEZ _____

A BATERIA ACABOU!

MELHOR RECARREGAR.

O QUE TEM NO SEU COPO OU XÍCARA?

OBJETIVO A SER CUMPRIDO
ANTES DE VOLTAR A ESTA PÁGINA:

MISSÃO CUMPRIDA? ☐ SIM ☐ NÃO

OVOS MAL CUIDADOS PODEM RACHAR E
ESCORRER; OVOS BEM CUIDADOS GERAM
PÁSSAROS, QUE BOTARÃO MAIS OVOS.
NO FRIGIR DOS OVOS, O MESMO VALE
PARA O SEU DINHEIRO.

A VIDA É CURTA DEMAIS PARA ATURAR PESSOAS QUE NÃO TE TRATAM BEM.

SE DEFENDA. SEJA SEU MAIOR APOIO.

VOCÊ TEM VALOR.

VOCÊ MERECE.

NUNCA SE ESQUEÇA DISSO.

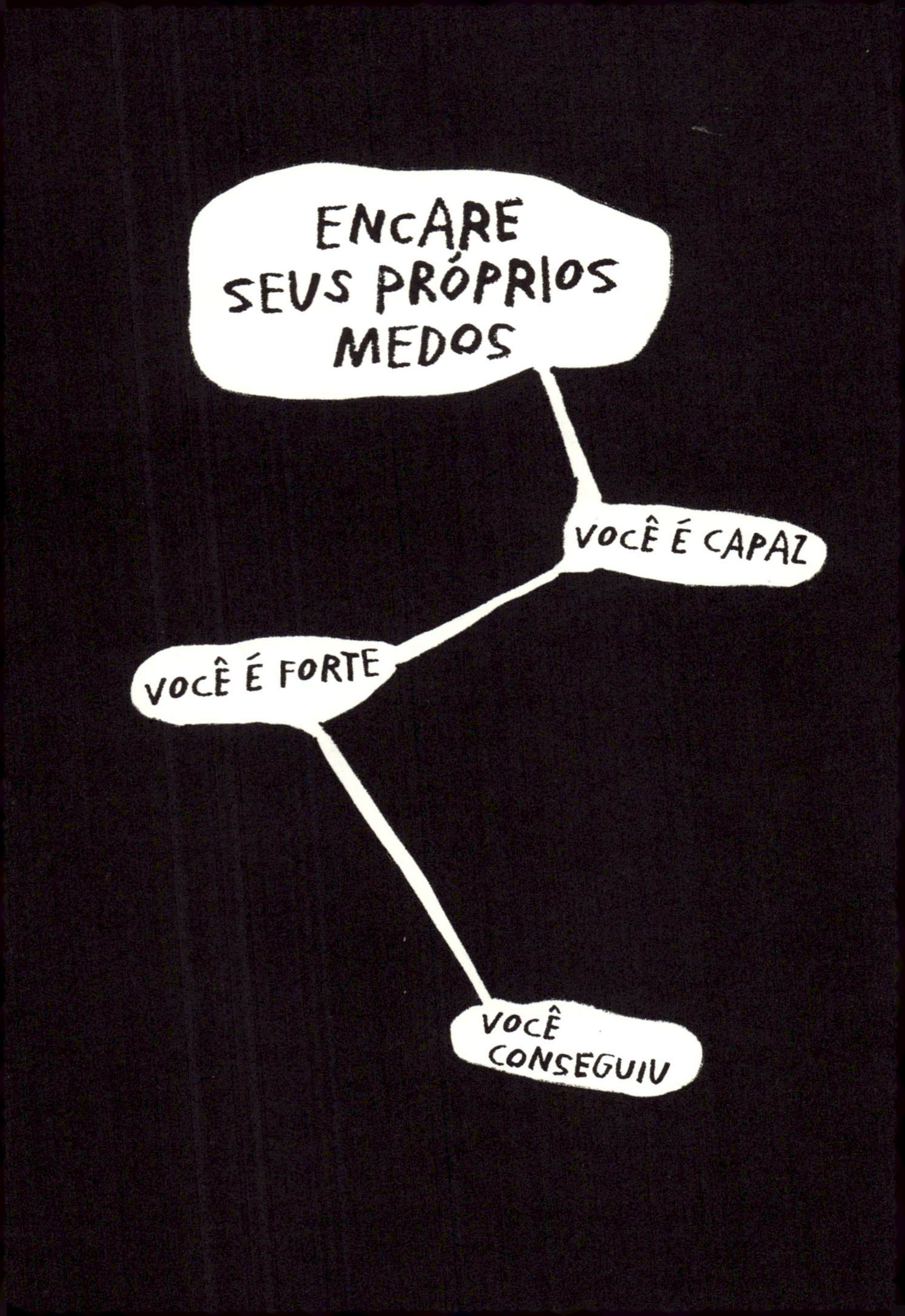
ENCARE SEUS PRÓPRIOS MEDOS
VOCÊ É CAPAZ
VOCÊ É FORTE
VOCÊ CONSEGUIU

SEMPRE QUE VISITAR ESTA PÁGINA, ESCREVA UMA COISA BOA SOBRE VOCÊ MESMO.

_____   _____

_____   _____

_____   _____

_____   _____

_____   _____

_____   _____

_____   _____

_____   _____

_____   _____

_____   _____

_____   _____

QUAL FOI A COISA MAIS LEGAL QUE
DISSERAM PARA VOCÊ RECENTEMENTE?
ACRESCENTE À LISTA!

JÁ _____

MAIS TARDE _____

FICA PARA A PRÓXIMA _____

DE NOVO _____

LOGO _____

ALGUM DIA_____

MAIS UMA VEZ _____

ESCREVA UM SEGREDINHO, RASGUE-O DA PÁGINA E ESCONDA. FAÇA ISSO VÁRIAS VEZES, ATÉ A PÁGINA TER DESAPARECIDO.

NÃO SEI ONDE VOCÊ
ESTÁ AGORA, MAS EU
ESTOU NO PASSADO,
PENSANDO SOBRE O
SEU FUTURO.
TORÇO PARA QUE
ESTEJA FELIZ.

_____   _____

_____   _____

_____   _____

_____   _____

_____   _____

_____   _____

_____   _____

_____   _____

_____   _____

_____

_____   O QUE VOCÊ
ACHA QUE VAI
_____   ACONTECER A
SEGUIR?
_____

_____

PRECISA FICAR
SOZINHO POR UM
TEMPO?

CUBRA-SE DE
ESPELHOS E VIRE O
REFLEXO DE QUEM
ESTIVER PASSANDO.

ESCREVA UMA COISA MUITO SINCERA E PRESSIONE A PÁGINA CONTRA O ROSTO PARA SENTIR O PESO DA SUA VERDADE.

AS COISAS NÃO VOLTAM A SER SIMPLESMENTE "COMO ERAM", PORQUE É IMPOSSÍVEL VOLTAR ATRÁS. NUNCA. A VIDA SÓ SEGUE EM FRENTE.

PARE DE INSISTIR, OU TERÁ DECEPÇÃO APÓS DECEPÇÃO. VOCÊ NUNCA MAIS LERÁ ESTE TEXTO PELA PRIMEIRA VEZ.

DOBRE ESTA PÁGINA. VOCÊ ATÉ PODE RELÊ-LA, MAS ELA JÁ TERÁ FICADO NO PASSADO.

UM PENSAMENTO CHATINHO QUE VOCÊ NÃO CONSEGUE TIRAR DA CABEÇA:

JÁ _____

MAIS TARDE _____

FICA PARA A PRÓXIMA _____

DE NOVO _____

LOGO _____

ALGUM DIA _____

MAIS UMA VEZ _____

QUEM VOCÊ PENSA
QUE É, ~~PORRA~~??
RESPONDA E DEPOIS
VOLTE PARA VER
SUAS MUDANÇAS.

LIVROS QUE
JURO TER LIDO:

_____

_____

_____

_____

_____

_____

_____

VAMOS SÓ FICAR AQUI
SENTADOS SEGURANDO
ESTA PÁGINA, SEM
FALAR NADA.

NO QUE VOCÊ SE SAI BEM? QUAL É O SEU PROPÓSITO? ACRESCENTE UM ITEM A CADA VISITA ATÉ A PÁGINA FICAR COMPLETA!

COLE UMA FOTOGRAFIA SUA
AQUI E ENCARE A SI MESMO

ESCREVA AQUI UM SEGREDO QUE VOCÊ NÃO PODE CONTAR A NINGUÉM. MUDE TODOS OS DETALHES. RISQUE TUDO. DESTRUA A PÁGINA. PENSANDO BEM... É MELHOR NEM FAZER NADA.

QUE BOM!
AQUI ESTÁ AQUELE ATALHO
QUE VOCÊ PROCURAVA.

DESENHE SUA CABEÇA E DEPOIS A PERCA:

DESENHE UMA PIZZA.
ACRESCENTE UM INGREDIENTE
SEMPRE QUE ESTIVER NESTA
PÁGINA E, DEPOIS DA QUINTA
VEZ, PEÇA UMA DE VERDADE!

UMA COISA QUE VOCÊ FEZ E PODE
TER SIDO RUIM, MAS QUE VOCÊ
NÃO PERCEBEU NA HORA:

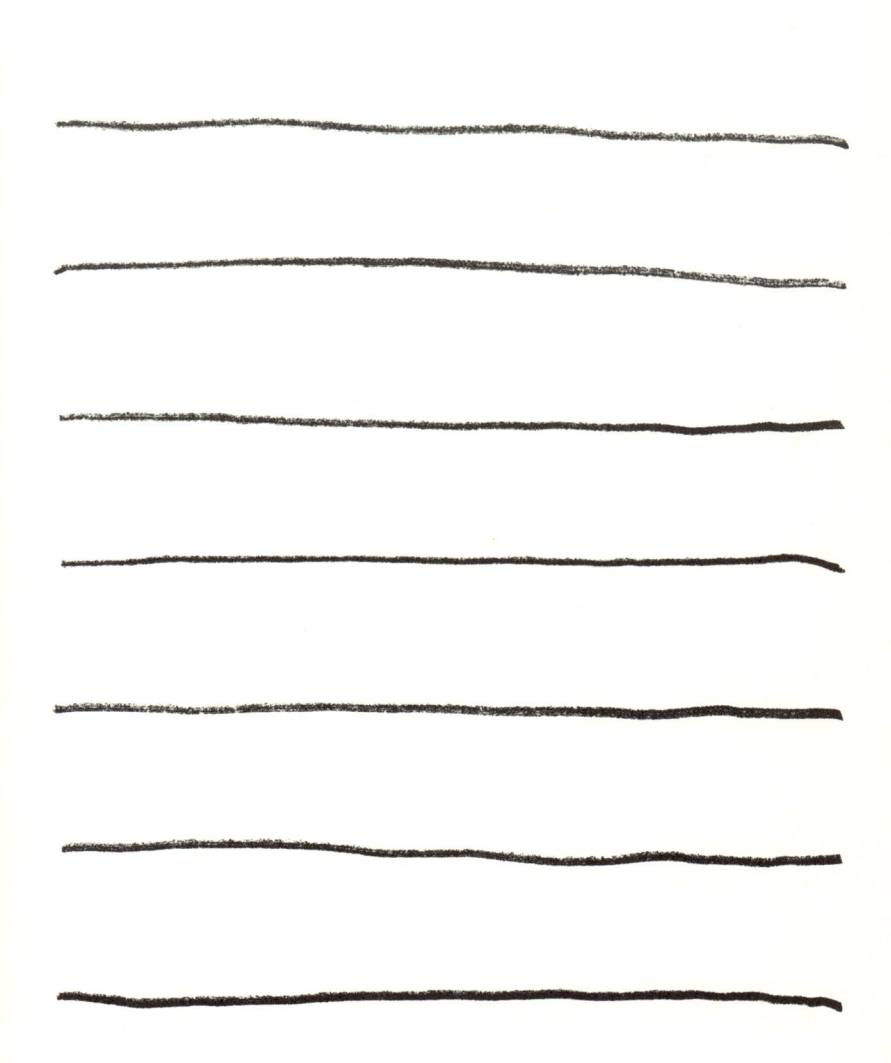

ALGO QUE VOCÊ GOSTARIA DE TER, MAS NUNCA COMPRARIA:

HOJE

FICA PARA A PRÓXIMA

MAIS TARDE

CONTINUE

(AGORA SE PRESENTEIE COM ALGUM ITEM DESTA LISTA!)

ENVIE ESTA PÁGINA
POR MENSAGEM PARA
UM AMIGO SEMPRE
QUE VIER PARAR AQUI.
MAS, ANTES, DEIXE-A
BEEEM LEGAL!

PREENCHA ESTA PÁGINA DEVAGARZINHO COM
PENSAMENTOS POSITIVOS E COMPARTILHE-A
QUANDO ESTIVER COMPLETA

📷 #OUTRAPAGINA

UMA COISA QUE NÃO POSSO ESQUECER:

PREENCHA UM CHEQUE EM BRANCO PARA SI MESMO (E DEPOIS VOLTE PARA A VIDA REAL!)

ESCREVA UM DESEJO BEM ÍNTIMO NA SOLA DO SAPATO E SEJA MAIS "PÉ NO CHÃO"!

COMO DAR UM CHILIQUE BEM-SUCEDIDO

- PERCA A PACIÊNCIA O MAIS RÁPIDO POSSÍVEL, PARA GARANTIR QUE NINGUÉM QUEIRA CHEGAR PERTO DE VOCÊ.

- SE ALGUÉM TENTAR AJUDAR, GRITE "VOCÊ NÃO ENTENDE!". AFINAL, NINGUÉM TEM DIAS RUINS, SÓ VOCÊ.

- QUEBRE ALGO QUE É SEU. ASSIM VOCÊ PODE CONTINUAR SOFRENDO, MESMO DEPOIS DE SE ACALMAR.

- RECLAME NAS REDES SOCIAIS. NÃO HÁ NADA MAIS RECOMPENSADOR DO QUE AUTOSSABOTAGEM.

TIRE UMA MÚSICA DA SUA CABEÇA COLOCANDO-A AQUI:

ARTISTA:
MÚSICA:
TRECHO DA LETRA:

ARTISTA:
MÚSICA:
TRECHO DA LETRA:

ARTISTA:
MÚSICA:
TRECHO DA LETRA:

ARTISTA:
MÚSICA:
TRECHO DA LETRA:

CARREGUE A PÁGINA
ATÉ O FINAL:

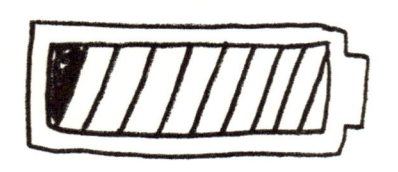

ÓTIMO! AGORA VOCÊ TEM
ENERGIA PARA FAZER
QUALQUER COISA.

O QUE VOCÊ CONSEGUE CRIAR A PARTIR DO ZERO (OU QUASE ISSO)?

VÁ ACRESCENTANDO
COISINHAS NOVAS!

ATUALIZE SEU STATUS:

JÁ

MAIS TARDE

DE NOVO

MAIS UMA VEZ

PERCA SUA LINHA DE RACIOCÍNIO COMEÇANDO ALGUMA COISA NESTA PÁGINA E CONTINUANDO EM OUTRA.

FAÇA UMA LISTA DE COISAS QUE PARECEM RUINS AGORA E ELIMINE-AS QUANDO SE TORNAREM IRRELEVANTES.

LIGUE O ~~FODA-SE~~ E DISTRIBUA PARA TODO LADO!

PODE SER ON-LINE TAMBÉM #OUTRAPAGINA

UM SENTIMENTO POSITIVO E MUITO FORTE:

JÁ _____

MAIS TARDE _____

FICA PARA A PRÓXIMA _____

DE NOVO _____

LOGO _____

ALGUM DIA _____

MAIS UMA VEZ _____

COMEMORE PEQUENOS MOMENTOS COM UNS DESENHINHOS RÁPIDOS:

FIZEMOS UM HIGH FIVE

TOMEI UM TOMBO

VOCÊ RIU ENGRAÇADO

COMPARTILHE ESTAS MEMÓRIAS #OUTRAPAGINA

TENTE DESENHAR UMA COISA
DIFÍCIL, DESISTA E TENTE DE
NOVO NA PRÓXIMA VEZ:

PREENCHA ESTE VAZIO
PARA VOCÊ NUNCA SE
SENTIR SÓ:

SE A PORTA NÃO ESTIVER
TRANCADA, É SÓ ABRI-LA
DA PRÓXIMA VEZ!

A COISA MAIS IDIOTA QUE VOCÊ FEZ RECENTEMENTE:

JÁ _____

MAIS TARDE _____

FICA PARA A PRÓXIMA _____

DE NOVO _____

LOGO _____

ALGUM DIA _____

MAIS UMA VEZ _____

(NÃO TEM PROBLEMA, TODOS NÓS SOMOS MEIO IDIOTAS)

TENTE DESENHAR UMA COISA NOVA:

UM CAVALO:

CACHO DE BANANAS:

A "HORA DA VERDADE":

TOPO DA MONTANHA:

SEU NARIZ:

ESPAÇO SIDERAL:

TODOS TEMOS ALMAS
GÊMEAS (PROVAVELMENTE).
DESENHE COISAS QUE SÓ
EXISTEM AOS PARES:

QUANDO OLHA PARA O CÉU, EM QUEM VOCÊ PENSA?

O QUE VÊ À SUA VOLTA?
DESENHE ALGO QUE ESTÁ
PERTO DE VOCÊ AGORA E
REPITA MAIS TARDE, ATÉ TER
COISAS POR TODOS OS LADOS!

ENCONTRE SEU EQUILÍBRIO INTERIOR

DESENHE UM SUVENIR PARA UM MOMENTO OU SENTIMENTO:

DISFARCE SEU MEDO
ENVOLVENDO-O EM OUTRAS
EMOÇÕES:

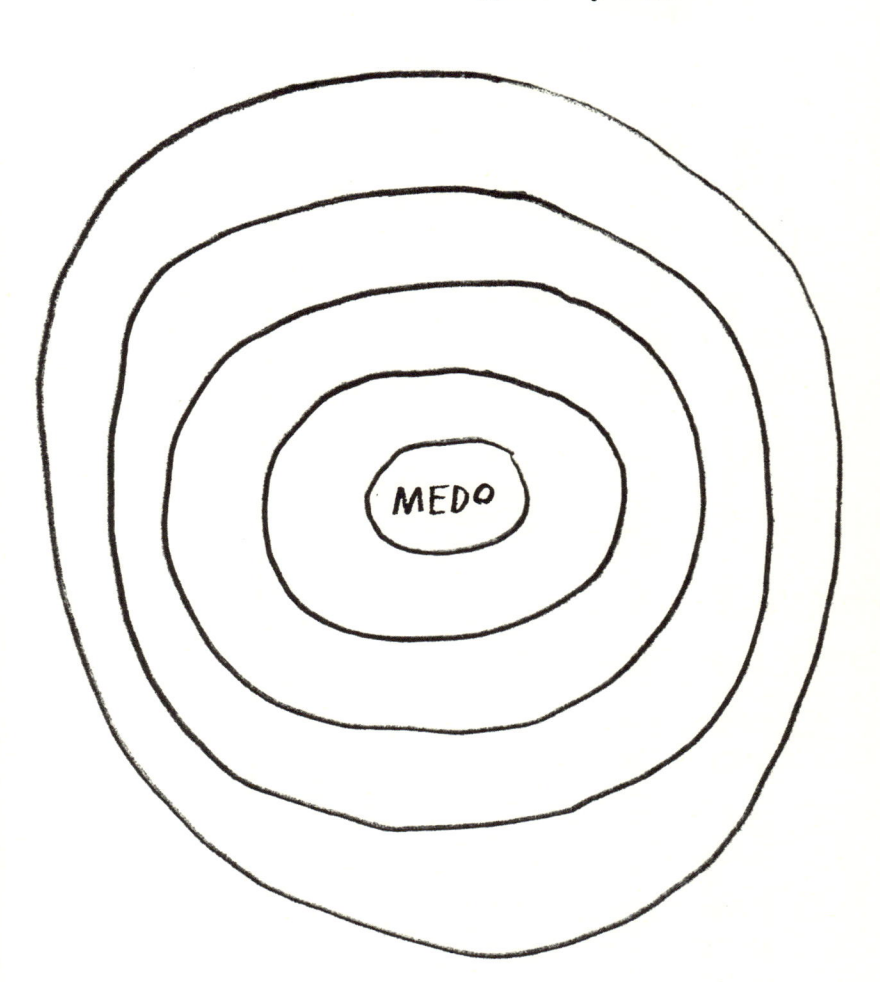

O QUE VOCÊ JÁ FEZ?

- ☐ GABARITOU UMA PROVA
- ☐ SE CASOU
- ☐ TOMOU CAFÉ DA MANHÃ
- ☐ 100 CURTIDAS
- ☐ PENTEOU O CABELO
- ☐ VIU UMA CELEBRIDADE
- ☐ OSSO QUEBRADO
- ☐ AMOR VERDADEIRO
- ☐ TOCOU NUM GOLFINHO
- ☐ PLANTOU UMA ÁRVORE
- ☐ DANÇOU COMO SE NINGUÉM ESTIVESSE OLHANDO
- ☐ CHOROU A NOITE TODA
- ☐ NADOU NO OCEANO
- ☐ BEBEU 8 COPOS DE ÁGUA
- ☐ ROLOU COLINA ABAIXO
- ☐ APRENDEU OUTRA LÍNGUA
- ☐ FEZ UMA TATUAGEM
- ☐ RIU POR ÚLTIMO
- ☐ DANÇOU COMO SE ESTIVESSEM OLHANDO

ADICIONE UM RECADO PARA VOCÊ MESMO NA CAIXA DE SUGESTÕES:

DESENHE OS LEGUMES DE QUE VOCÊ NÃO GOSTA E VÁ RISCANDO CONFORME DEIXAR DE SER TEIMOSO (SEU CRIANÇÃO).

ACONTECEU ISTO: _____

_____

MAS TUDO BEM, PORQUE: _____

_____

E AÍ: _____

_____

MAS DEU TUDO CERTO, PORQUE: _____

_____

SÓ QUE: _____

_____

PORÉM: _____

_____

QUAIS COISAS VOCÊ
CONSEGUE CONTROLAR?

COMECE UMA LISTA AGORA E
ACRESCENTE MAIS AOS POUCOS.

ESCREVA UM RECADINHO PARA ALGUÉM QUE VOCÊ NUNCA MAIS VERÁ. PONHA NO MUNDO COM A HASHTAG #OUTRAPAGINA!

A "PIOR" COISA NA SUA ATUAL LISTA DE TAREFAS:

JÁ _____

MAIS TARDE _____

FICA PARA A PRÓXIMA _____

DE NOVO _____

LOGO _____

ALGUM DIA _____

MAIS UMA VEZ _____

DESENHE A VISTA DA SUA JANELA:

AGORINHA

LOGO MAIS

OUTRO DIA

LÁ PARA A FRENTE

VÁ COMPLETANDO A PÁGINA
COM ONDAS E OLHE PARA ELAS
QUANDO PRECISAR SE ACALMAR.

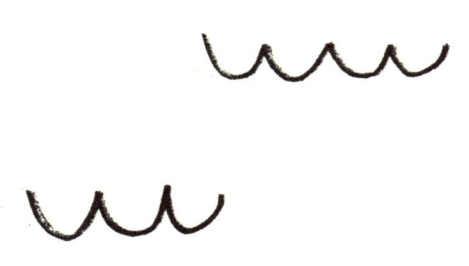

ONDAS SEMPRE QUEBRAM,
MAS NUNCA PARAM DE IR E VIR.

O QUE VOCÊ FAZ QUANDO PERDE O CHÃO? QUEM OU O QUE PODE AJUDAR?

A RESPOSTA

VOLTE QUANDO PRECISAR RELEMBRAR

DESENHE UMA EMOÇÃO QUE ESTÁ SENTINDO AGORA:

ESTRESSE

A MELHOR PARTE DO SEU DIA:

JÁ _____

MAIS TARDE _____

FICA PARA A PRÓXIMA _____

DE NOVO _____

LOGO _____

ALGUM DIA _____

MAIS UMA VEZ _____

TUDO PODE ✦
SER ESPECIAL, ✦
BASTA VER
COM BONS OLHOS.
✦ O QUE
VOCÊ AMA?

CRISE EMOCIONAL

COMO VOCÊ SE SENTE?

POR QUÊ?

DESDE QUANDO?

CONTOU PARA ALGUÉM?

VAI DURAR MUITO?

SIM

NÃO

COMO VOCÊ VAI LIDAR COM ISSO?

DEIXE PARA LÁ!

DATA DE HOJE:_____

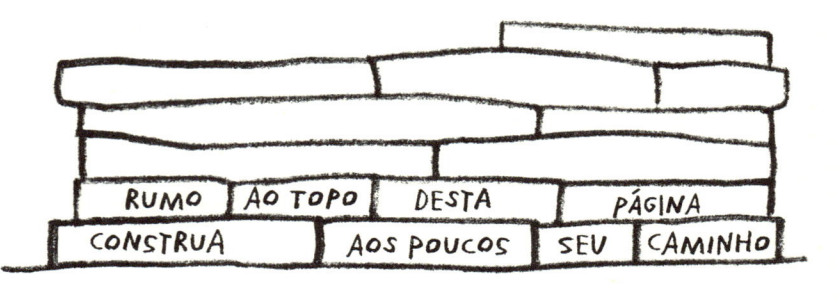

RUMO AO TOPO DESTA PÁGINA
CONSTRUA AOS POUCOS SEU CAMINHO

COISAS QUE COM CERTEZA VOU ESQUECER, MAS NÃO QUERO:

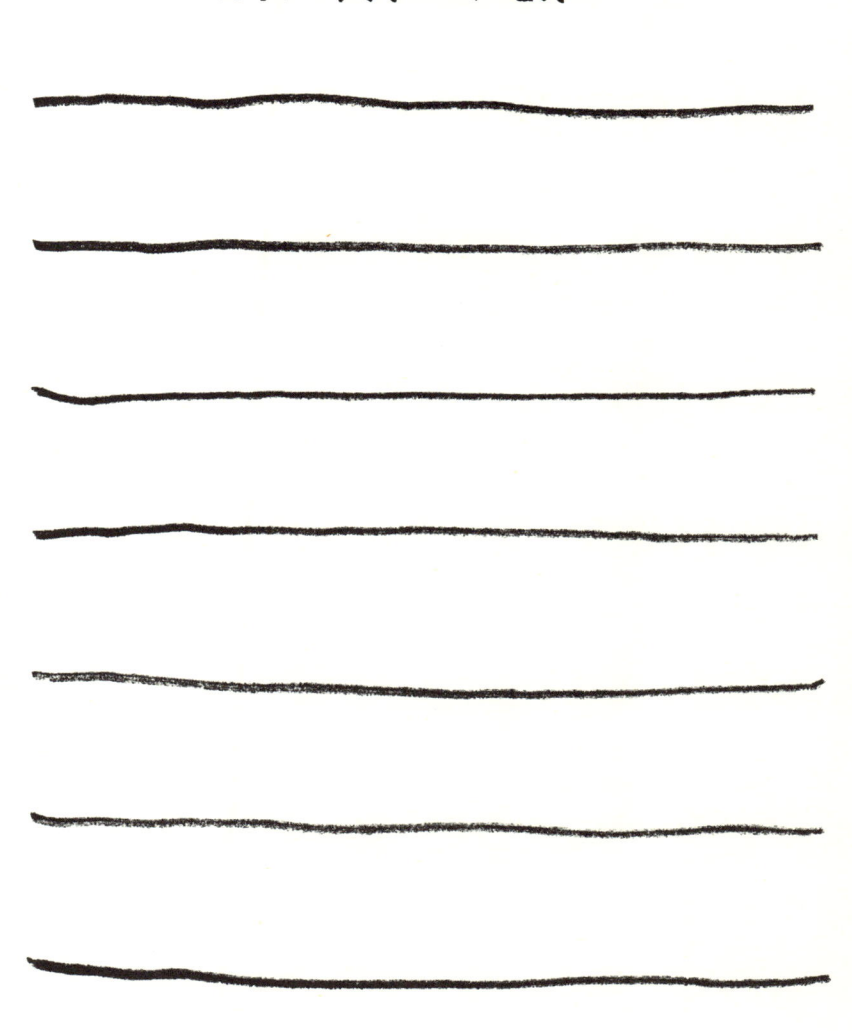

CRIE SEU FUTURO!

PREVISÃO

ESTE PODE SER NOSSO PONTO DE ENCONTRO

NOS VEMOS EM BREVE

AGRADECIMENTOS:

- AOS LÁPIS
- AO CAFÉ
- A MITCHELL, JEREMY, TUESDAY, JESSE, HALLIE E SARAH
- AO MEDO
- AO CACHORRO FOFO QUE EU VI
- À INTERNET
- AO BRASIL!!!!!!!!
- A MARIAN (EDITORA), MONIKA (AGENTE), A MIM MESMO (RS)

SIGA @ADAMJK
OU VISITE ADAMJK.COM

ADAM J. KURTZ É ARTISTA E AUTOR. SEU PRIMEIRO LIVRO, 1 *PÁGINA DE CADA VEZ*, FOI TRADUZIDO PARA UMA DÚZIA DE LÍNGUAS. ADAM MORA NO BROOKLYN, EM NOVA YORK.

SEU TRABALHO PESSOAL "MUITO PESSOAL" JÁ FOI VISTO EM FAST COMPANY, PAPER, NYLON, BUZZFEED, HOW, REFINERY29, DESIGN*SPONGE E OUTROS. ELE COLABORA COM MARCAS COMO TUMBLR, URBAN OUTFITTERS, FISHS EDDY, STRAND BOOKSTORE E COM A BIBLIOTECA PÚBLICA DO BROOKLYN, ALÉM DE TER REALIZADO PROJETOS PARA CLIENTES COMO THE NEW YORK TIMES, PEPSI E ADOBE.

TIPOGRAFIA Adamjk
DIAGRAMAÇÃO Osmane Garcia Filho
PAPEL Pólen Soft, Suzano S.A.
IMPRESSÃO Gráfica Bartira, fevereiro de 2022